EXTRA STORY

R O S E A N D R E N A I S S A N C E

* * *

自打上了研究生，周自珩神隐的状态就几乎没有结束的时候，但自习这对国民 CP 的热度始终不减，自习女孩也没有因为两位正主的不再营业而失去热情，反而戏称他们为"地下恋情"。

不过蛛丝马迹还是不可避免地被扒出。前些时日周自珩的毕业论文不知怎么被人发布在网上，引起轩然大波。

再笑我削你了："字我都认识，摆在一起就一句话都看不懂了……"

自习不红天理难容："珩珩真的是学霸，P.S. 物理真的看起来好难啊，秃头。"

娱乐圈第一小可爱："对不起我的智商给我爱豆拖后腿了。"

叫我小机灵鬼："没有人看到毕业论文的最后吗！友情提示：致谢部分高亮！！！"

Sisisi："感谢小机灵鬼！！致谢太甜了我的妈！自习女孩哭天抢地！"

在这条评论的指引下，许多人把关注点从论文本身转移到这篇毕业论文的致谢词中。也有许多人特意将这一段截图放在网络上，一时间被大家广为传播。

"最后，我想感谢我的男友夏习清，他曾经说过，"一个会去真正在意风与水流动的方向、日月更替的规律，还有宇宙诞生原点的人，你怎么能说他不浪漫呢？不仅是浪漫，还是一种广阔的、伟大的浪漫。"

这句话我铭记在心，让我有勇气继续前行于这片未知领域，去探索星星为何发光，宇宙如何变幻。我永远感谢他的陪伴。"

这样一段话看似简单，但放在这样一个位置却让所有人无比动容。世人都以为自己见证过这段爱情的起源，但却没有人知道他们真正的开始。没有人知道周自珩的演艺道路是因为夏习清才继续下去，也没有人知道在某一个虚拟星空下的夜晚，夏习清是如何用自己的方式告诉周自珩，你不是无人理解的孤单个体，我是和你灵魂相契的那个人。

很快，#周自珩 论文致谢#也登上热搜榜，成为全民热议的话题。

天生 Alpha："天哪为什么会有这么甜的小男生，我酸了，我真的酸了呜呜呜呜"

今天也要加油鸭："我又见证了神仙爱情，你们不结婚还在等什么！给我去结婚！"

每天奶一下："奶一口自习今年结婚。"

我有一朵小玫瑰："我今天真的哭着吃下这口狗粮呜呜呜呜，自习绝美爱情杀我！"

致谢的热度过去才一两天，又出现了新的热点，是路人发布在微博的一组照片。

@Tinayang："今天在 LA 参加一场艺术展，特别幸运看到了夏习清，我一开始还以为是自己认错了，但是他在一群外国人里太打眼了，而且我朋友还说看到了他的作品展出。我大概确定了之后就鼓起勇气上去找他合影，没想到他人超级 nice。他的作品也特别棒，现场看是那种很震撼很广阔的意境。太开心了，和大家分享一下。"

她配了三张图片，第一张是夏习清展出的一幅画，画中是一整片浩瀚宇宙，正中间有一个身影的轮廓，看起来像是一个人的上半身，用的是流动感极强的现代主义线条，并非确切的人形，而是一种相对抽象的表达。仿佛悬浮于宇宙之中，他的胸口是一颗发光的星球，星球的下面是红色流沙一般的幻影和收紧交缠的线条。整体的风格非常特别，意境宏大，和他之前的画作完全不同。

第二张则是夏习清和这位路人的合影，照片中的他还特意将口罩往下拽，露出精致的面孔，笑意温柔。最后一张则是这位路人拍下他在场讲解的身影，十足的艺术家魅力。

这组照片毫无疑问直接登上热搜榜首，本来夏习清参与的是一个非主流关注度低的小众艺术展会，但因为这一次的偶遇，却意外成为焦点。

我很可爱不是吗："是新鲜的习清哥哥！Awsl！习清哥哥我爱你！"

蛋黄酥不要蛋黄："这哥的颜值真的好能打……"

红豆芋头："这幅画是人像吗？画的是珩珩吧，这个风格以前习清哥哥都没有画过，好厉害啊。"

Waterfall："画家就是画家啊，那种艺术的震撼力真的太真实了。不过有一点我很好奇，这是不是双向的画啊？我刚刚不小心倒过来看，发现好像有点不一样。倒过来看人的轮廓就不那么明显了，和那个星球下面的红色笔触一结合，看起来就很像是逃脱某种容器的玫瑰花瓣。"

自习女孩一号："woc 真的评论里卧虎藏龙！我看了一眼惊呆了！Tql！鸡皮疙瘩起来了，真的像是玫瑰花！"

我喜欢小画家："所以说，正着看是心怀一颗小星球徜徉在宇宙的珩珩，反过来看就是一朵挣脱束缚奔向宇宙的玫瑰！我的妈啊这也太浪漫了！"

我爱自习："我已经不配称为这种神仙情侣的 CP 粉了，我何德何能拥有这种神仙爱情！"

身处旋涡中心的两位当事人此时一个还在从 LA 回国的飞机上，另一个则是和夏知许、许其琛、赵柯等人商量着惊喜的细节，什么都顾不上，也完全不知道网络上发生了什么。

"你们觉得这样行不行？他进门我们要放彩带吗？哎不行，要不不放了我怕吓着他……"周自珩紧张得快得焦虑症，和几个好友反复排练，最后还抓来夏知许当壮丁，"你假装一下你是习清。"

夏知许眼睛一耷拉："我拒绝。"

"就一会儿。"周自珩噔噔噔往外跑，然后故作沉稳地朝他走过来，"习清，我有话对你说，你先站在这里不要动……"

"Cut！"赵柯摆手，"你这都是什么词儿啊我的珩珩，什么叫站在此地不要动，你是要去买两个橘子吗？"

夏知许笑得直接蹲在地上，头都要笑掉。周自珩则是扭头朝许其琛露出一个无辜的表情，可是连许其琛都憋不住脸上的笑："不好意思啊自珩，这个好像真的不太行得通……"

"Plan B 执行！"赵柯喊出口号增添士气，"我的包场计划终于要实施了！ Yes！"

周自珩忽然间犹豫起来，这次的求婚他一个人偷偷准备了好几个月，从春天磨到了夏天，可他到现在也不确定夏习清会不会想要结婚，没准儿现在他的想法还是和以前一样，惧怕和反感婚姻这种契约。

夏知许看出他有想法，拍了拍他的肩膀："这样，反正酒店也包场了，他落地也总是要吃饭的，你们先去，然后你试探一下，时机合适你再说。"

许其琛也附和："对，到时候我和知许也会去的，不要担心，大不了就吃顿饭，来日方长嘛。"

周自珩点点头，紧张兮兮地上楼换衣服，换了好久都找不到一套自己觉得满意的西装，最后还是简单地穿了西装裤和白衬衫，带上自己准备已久的惊喜，驱车前往了自己提前预订好的酒店。他的神隐状态实在太久，狗仔都几乎已经放弃他，因此他也没有多做伪装，直接进了酒店。

可令他没有想到的是，就在他进入酒店之后的半小时内，酒店大堂的外面就被粉丝和记者围得水泄不通。他打电话询问蒋茜："嫂子，现在这是怎么回事啊？"

"我还问你怎么回事呢，你怎么跑出去了？这两天你俩一直在热搜上飘着你不知道吗？"

周自珩一脸懵逼："不知道啊，我都已经半年没用微博了。而且工作号我也停了好几天了。"

"没事儿，不是啥坏事儿。"蒋茵安慰他，"大家就是难得见你出来，都跑去看你了，我等会儿找人把你接回来，私人行程大家会谅解的。"

"不能接回来！我、我今天有重要的事儿！"

蒋茵一头雾水："什么要紧的事啊，我告诉你你可别把习清再弄过去，到时候场面就收不住了。"

周自珩彻底绝望了。

他坐在餐厅的顶楼，掏出口袋里的一个深红丝绒方盒。

精心准备了这么久的求婚，还不知道能不能开口，就被外界的热情直接切断了。巨大的沮丧感将他笼罩，像一朵散不去的乌云。偏偏就在此刻，夏习清的电话打进来，周自珩整理了一下情绪："喂，习清。"

"我刚下飞机，你那边论文修改的事忙完了吗？一起吃饭吧。"

他不说周自珩都差点忘了自己为了准备惊喜找的借口。听见夏习清全然不知的语气，周自珩又想到了刚刚嫂子说的话："我……我其实订了餐厅，但是现在搞得一团糟，外面好多人把我堵在这里了。"

夏习清有点不明白，等他推着行李箱走出来才发现机场人山人海："欸，我的行程好像也被泄露了。"

听见周自珩那头的叹气声，夏习清觉得好笑又可怜，他们俩就像漂浮在海面却被困在两块浮木上的小人，拼了命扑腾着朝对方划去。

他正要说话，另一个电话拨进来，夏习清一看，是许其琛。

"自珩，我先接一下另一个电话。你要不然先回家，我们在家里吃饭吧。"

说完他切了电话，戴上耳机走了 VIP 通道。

周自珩失落地将电话放进口袋里，连同那个小小的方盒子一起。

蒋茵叫来的车已经到了楼下，周自珩在保镖的护送下离开了餐厅，坐上了车。坐在副驾驶的小罗扭过头："自珩，现在去哪儿，回家吗？"

"嗯。"

周自珩想到自己这几个月偷偷学习珠宝设计，一切都是从零开始，他天生没什么艺术细胞，可想想自己的戒指也是夏习清设计的，他就一定要亲手设计出最漂亮的婚戒。为此，他还特意跑到国外去挑选宝石，手工制作。

但这枚戒指似乎还没有到真正可以给他的时候，不光是因为这次意外的风波，更是因为他自己都还不确定，夏习清有没有准备好。

或者说，自己有没有准备好接受失败的结果。

但他一天都等不了了，他希望这个人永远和自己在一起，永远都不要分开。

就在车子好不容易行驶出这片拥挤区域，小罗忽然间接到一个电话："喂，哎，对对，自珩在，你要跟自珩说话吗？欸？行，好我懂啦，拜拜。"

沉浸在自己思绪里的周自珩根本没有在意小罗的异样，也没有发现汽车行驶的方向已经不再是回家的方向。他只是低头看着自己手机备忘录里删删改改写下的求婚词，一句一句在心里念着。

下次吧还是。周自珩在心里做出决定。

一抬头，他发现他们来到了一个陌生的地方，很偏僻，像是一个私人停机坪。

"这是哪儿？"周自珩问。

车停下来，小罗离开副驾驶，远远地看见夏习清，于是抬手跟他打招呼。周自珩也下了车，看见夏习清的那一刻，他满脸的震惊，朝他走过去的时候人都是蒙的。

夏习清见他走过来，直接吧唧亲了他一下，还揉了一把他的头发。这一亲周自珩更蒙了："你怎么把我带到这儿？"

"这里不是目的地。"夏习清指了指身后的私人飞机，拉着周自珩上去。

"去哪儿？"

"你猜啊。"夏习清笑起来，"你不是心思很多吗？"

这句话说出来周自珩耳朵都红了，他不知道夏习清只是逗他还是知道了些什么，但他还是打算装作什么都不晓得，跟着夏习清上了私人飞机。他还不想这么早露馅，不然之前的准备都白费了。

夏习清之前就在飞机上颠簸了好久，这次上了飞机直接拉着周自珩来到私人舱的床上。周自珩坐在床边，一脸懵懂看着夏习清坐到他的双腿上，搂住他的脖子。他的身上散发着他亲手调制的香水气味，被热气一烘，漾起情欲的味道。夏习清拿鼻子轻轻蹭着周自珩的鼻尖，嘴唇若即若离地靠近，声音有些发哑。

"想我吗？"

他还戴着一副眼镜，镜面此刻熏上一层热雾，半遮住他饱含赤裸欲望的双眼。

周自珩忽然觉得之前的纠结在这一刻被他亲手抚平了，只要夏习清在这里，他别无他想。

"想要我吗？"夏习清摘下眼镜，含住了他的嘴唇，但只是短暂地粘连了一下。可就在分开的下一秒，周自珩搂住他的腰吻了上去，舌尖湿润地交缠，将想念碾碎成欲念燃烧后的灰烬。

夏习清热烈地回应着周自珩的赤诚，肢体的交缠被快感与情绪所支配。明明才几天没有见，他的心口却好像被挖出一个大洞，到这一刻与他重新拥抱在一起时才被填平，一切才回归正轨。

"再深一点……自珩，"他的身体起伏如同波浪，精瘦的腰在每一次的进入时都弯折出漂亮的弧度，"唔……自珩，还要……"

周自珩吻着他发红的眼角，温柔无比地说着爱他，一遍又一遍，不知疲倦。夏习清扬起嘴角笑起来，如同盛放到极点的玫瑰，四肢百骸统统被打开，脆弱花蕊的分毫都不再掩饰。

"我爱你，自珩。"他的头发汗湿在脸上，承受着情欲和快感的折磨。他坐在周自珩的身上，把头埋在他的耳侧，喘息声令他说话断断续续，句不成句。

"我……我想永远和你……在一起。"

周自珩愣住了，可夏习清却笑得甜蜜，缠着吻上他的嘴唇。

他们相拥着睡了一觉，醒来的时候已经抵达目的地。周自珩的头发睡得乱七八糟，夏习清从行李箱里翻出长裤："不知道你穿合不合身……"

"没、没关系，我就穿我的裤子，"周自珩想起来裤子里的戒指盒，草草从地上把裤子捡起来套上，"也没脏……"

"对，"夏习清笑着逗他，手拽了拽他的西装裤腰，"它没脏，你脏了。"

一直到下了飞机周自珩都是蒙着的，这里的阳光充沛，他眯起眼睛问道："这是哪儿啊？你怎么什么都不告诉我？"

车子已经在外面等他们了，一切都安排得妥妥当当，夏习清拽着周自珩上了车，才继续道："塞班岛啊。"

"怎么突然来度假？！"周自珩吓一跳，看着车子朝前面行驶，果然不久便看到了一片海滨风光，"你这也太随心所欲了。"

"我是什么样的人你还不清楚吗？"夏习清嘴里嚼着泡泡糖，吹了一个大大的泡泡，啪的一声破开，"再说了，谁告诉你我是来度假的。"

"那来做什么？"

夏习清没有回答周自珩，只是转过脸对着他笑，脸上是得意的小表情："你猜啊。"

周自珩怎么会猜得到夏习清心里在想什么，这家伙简直比一百篇论文还难搞。

司机找到一个地方停下车，夏习清说了谢谢，拉着周自珩就下了车。这里看起来并不像什么观光地，只是大街上的普通建筑，没来得及看清楚，他就被夏习清拽着走进去。奇怪的是，这里许多人看着他们，而且还都是成双成对的男女。

"这是哪儿？"周自珩被他按着坐在一个前台前，一脸疑惑，"我们来这儿干吗？"

夏习清没搭理他，从背包里拿出一沓证件和签证递给了柜台前的小姐，然后用流利的英语告诉她："您好，我们登记结婚。"

"什么？！"周自珩惊到直接脱口而出，"结婚？"

柜台女员工的眼珠在两人脸上转来转去："呃……你们决定好了吗？"

夏习清直接笑道："别管他，他想了大半年了，只是太激动了一下子反应不过来，不是我骗婚。"说完夏习清转过身子靠近周自珩，伸手在他口袋里摸来摸去。周自珩躲闪着："喂，你、你干什么？"结果夏习清直接摸出那个小方盒，啪的一下打开，朝女员工晃了一下："看，这是他给我设计的戒指，漂亮吧？"

"我……"周自珩哑口无言。

"你敢说不是？"夏习清憋着笑指着周自珩的嘴，然后把盒子往他跟前一递，"愣着干吗？藏了这么久，都被你手心焐热了，给我戴上啊。"周自珩愣了一秒，到现在都反应不过来这一切，像梦一样。他抖着手把那枚藏了好久的戒指拿出来，套在夏习清的手指上。夏习清并拢手指对着阳光看了看："嗯，真好看，谢谢你。"

说完他像是 cue 流程一样，把上次七夕就送给他的那只自己亲手设计的戒指从周自珩的无名指上取下来，又再一次套上："很好。"

夏习清握住他的手，以交叠的姿势搁在桌上拍了张照，正好能露出他们俩的戒指，然后冲周自珩笑了笑："你准备的台词呢，小影帝？"

被他这么一问，周自珩彻底懵逼了，自己偷偷摸摸准备了那么久，生怕他不答应自己的请求，求婚词写了几百遍，临了居然一句都想不起来，实在太紧张了。他怎么能想到夏习清会这么干脆，把一切过程都省略直接给他一个惊天直球。

"我……你……你愿意……"

夏习清看他结巴的样子，笑着捏了一下他的脸："我不太愿意多一个什么未婚夫的称号，太麻烦了。"

"我要你做我的丈夫，和我一辈子在一起。"

说完他吻了吻周自珩的脸："我知道你有很多顾虑，你害怕我还走不出过去，但是我爱你，自珩。对我来说没有什么比和你在一起更重要。"他勾起嘴角，"不怕告诉你，我其实都幻想过婚礼应该请谁来踢馆子了。"

周自珩忽然间觉得自己实在是一个喜欢胡思乱想的人，他一直以来都低估了夏习清的坚强与勇敢，也低估了他对自己的爱。

"谢谢你。"

"什么你不你的，叫老公！"夏习清接过结婚证明，朝着周自珩晃了一下，"这下可是合法的了。"

回酒店的路上周自珩还晕晕乎乎的，可夏习清还记得许其琛告诉他的关于微博上的热议。他久违地登录微博，看见了被转发最多的那条致谢词截图。

没过多久，夏习清就再一次登上热门榜首，只因他转发了那条微博，还附上了刚才拍的牵手照片。

@Tsing_Summer：这家伙致谢词写得太早了，现在应该改成——感谢我的丈夫夏习清。算了，硕士毕业再说吧。

* * *

　　夏习清26岁生日前一周飞伦敦参加了一个很重要的艺术展，为了这个展他之前已经闭关了将近两个月。周自珩原本想跟去，可又临近期末，一堆 deadline 等着他，无法脱身，只能乖乖留在国内等候。

　　虽然他没说让夏习清一定要按时回国，可每天的微信聊天记录里十条有六条都是问他回程航班的事，比直接求他早点回来还可怜巴巴，活像只留守在家的金毛。

　　手头上非常重要的一篇论文截稿日就在夏习清生日前两天，周自珩肝到半夜总算解决一个心头大患，紧接着就是准备生日惊喜。他知道自己自从半隐退之后粉丝都特别想他，于是决定把自己的生日计划实现全过程以直播的方式展示出来。

　　12月19日他一个人出去采购，第二天一大早就叫来了夏知许、许其琛和赵柯来帮他布置房子。

　　"我看一下直播间开没开。"周自珩跑过去调整镜头，对准了正在弄气球的夏知许。

　　许其琛拿手机进入了直播间："有了，弹幕也出来了。"

　　"啊啊啊这是谁的腿！ Prprpr ！"

　　"好像是虎牙小哥哥 ~"

　　"珩珩妈妈想死你了！"

　　"珩珩我爱你！！！！"

周自珩拿着摄像头，对着镜头整理了一下自己的头发："啊我最近实在是太忙了，头发没剪都长长了。对了，你们得答应我，绝对不可以跑到他的微博底下泄密啊，不然后面我什么都不播了，惊喜都没有了。"说完他又嘟囔一句，"虽然我觉得他应该是没时间上微博的，我昨晚发的微信现在都没回。"

他戴着个奶白色毛线帽，长长了的额发从帽子边缘露出来些许，鼻梁上又架着一副黑框眼镜，显得稚气。

"珩珩今天好奶啊！"

"果然上学就会让人一直保持学生气啊～"

"啊我看到圣诞树了～好大一棵！"

"啊对，这是我前几天买的圣诞树。"周自珩走到落地窗旁的圣诞树边。这棵树比他还要高许多，上面挂满了各式各样的礼物盒，还有铃铛和星星，"这是我自己装饰的，其实这上面每一个礼物盒里面都是装着真正的礼物的，但是我不准备告诉他。"

说到这，周自珩很得意地笑了一下："有些人连投胎都会挑日子，过完生日歇两天就可以过圣诞节，多幸福。"

"啊啊啊啊啊啊我要被这个奶狗齁死了真的！"

"气死我了气死我了气死我了！"

"操，怎么这么甜！"

"555555我们小画家真是被珩珩捧在心尖上的人。"

"草草草草草！"

"因为我包礼物包了很久，很难包，所以我就不拆开给你们看啦。但是为了让我自己心里有数，就是他拆的时候我知道里面是什么……"周自珩伸手拿起其中一个，把底部展示给她们看，"我在下面写了提示，你们看。"

盒子底部写着几个小字——AirPods 套。

"欸原来珩珩也会送这种实用型礼物啊哈哈哈哈。"

"为什么有点好笑 hhhhh"

"啊可以告诉我们是哪一家的吗～想 get 同款！"

"这个吗？"周自珩把礼物重新放回树上，"这是我自己织的。"

"打扰了打扰了打扰了。"

"操！"

"我为什么要进来？为什么要把狗骗进来杀？"

"天哪我脑补一下珩珩一米九多那么大只捏着两根钩针织小小的 AirPods 套，萌死我了！"

"5555酸死了，我什么时候才能拥有甜甜的爱情啊！"

"其实我发现，做手工很有意思，就这个过程也有那种编织规则嘛，然后你按照那个规则来，就基本可以得到你想要的结果，这一点特别像解题。"

"哈哈哈哈哈果然是理科男发言。"

"不，你是天分型选手，我就不能得到我想要的结果。"

周自珩又蹲下来，从树底下拿出一个大的黑色礼盒："这个里面是我给他织的围巾，是我偷偷在实验室织的，因为在家织会被他发现嘛，我就躲躲藏藏的，实验室的同门我都给了封口费，我太难了。"

"hahahahaha 封口费！"

"真的太可爱了太可爱了！"

周自珩拿着手机去别的地方，一路上经过客厅，顺便给了正在布置场地的三人镜头，没想到正好许其琛吹完气球不小心撒了手，气球放着气飞了出去，喷了许其琛一脸，害他下意识直往夏知许怀里躲。

"啊啊啊啊我可可爱爱的许编！"

"此次直播含粮量丰富，请狗酌情进入。"

"沙发里其实还藏着礼物。"周自珩伸手到沙发垫下面，抽出来一个长长的礼盒，"这个是一款定制的手表。"

"然后就是楼梯，你们看。"

镜头里，楼梯的每一级台阶上都放着一个礼物盒，而且礼盒的大小是逐级递增的，一路向上，最后是一个几乎有人那么高的礼盒。

"这是一个理疗椅，"周自珩拍了拍，"习清他画画很辛苦，经常会脖子疼手臂疼，所以我去国外订了一个这个，希望有用吧。"他绕过礼盒，小声嘟囔了一句，"没用的话还是我自己亲自上。"

"我晕了，我真的没了。"

"你有本事继续，我还能行55555"

房间里的每一个角落都藏着大大小小的礼物和惊喜，这些都是周自珩早在半年前就开始收集和准备的，无论他在哪里看到了什么好的东西，都会第一时间买下来，想着送给夏习清。

不过怎样都不够，夏习清永远都值得最好的。

下午的时候周自珩又直播了一下午亲手做生日蛋糕，虽然他之前已经学习尝试了好几次，但为了保证最后万无一失，他还是特意绕了大半个北京城去到那位蓝带西点老师的工作室，认认真真做最后的成品。

"成品我就不能给你们看了，不过之后我会拍照发到小号，你们到时候自己去看吧。"

从工作室出来已经是晚上九点半，周自珩提着自己的劳动成果开车回家，一路上他把手机放在前面和粉丝聊天。

"5555周自珩开车真的好帅。"

"不过今天 xqgg 真的回不来了吗？我之前还有看到微博有人 po 他在艺术展的照片。"

"啊好可惜，不过晚一点也没什么啦这俩天天过节。"

周自珩趁红灯瞟了一眼屏幕，笑了笑，正要说没关系的时候，看到夏习清发的一条消息——"宝贝，我今天晚上可能回不来了，这边下了大雪航班延迟，但是明天白天肯定能赶回来。我爱你。"

虽然已经做了十足的心理准备，可周自珩在看到这条消息的时候还是不由自主瘪了下嘴。

"刚刚那是什么可爱的小表情啊！"

"啊是不是 xqgg 回不来了？"

"哦哟珩珩快来妈妈怀里抱抱！"

"终于快到了。"周自珩开车进入小区，直接开到地下车库。已经是晚上十一点，他提上蛋糕关好车门，另一只手还握着手机："我现在要回家了。"

"啊啊啊啊啊回去之后就会关直播吗？不要啊！"

"555还想再聊一会儿嘛。"

"不要这么快下播！"

"不会，回去之后我还要整理一些东西，可以开着直播。"周自珩安抚着大家的情绪，将蛋糕暂时放在地上，摸出门卡刷了一下地下车库直通他家的入户电梯。叮的一声，电梯门打开，周自珩举着手机进去，又刷了一下门卡。

"我感觉自己现在像个大蛋糕。"周自珩对着镜头傻笑，"在甜点房里泡一下午果然就变成奶油小生了。"

电梯缓慢上升。

"哈哈哈哈哈哈奶油小生。"

"这是什么可可爱爱大男孩啊。"

数字面板上闪烁的字样从 B1变成1。

"幸好他今天晚上不回来，不然我衣服也没有换，头发也没来得及剪，明天一早我就……"

电梯门竟然再一次打开了。

未尽的话被震惊强行咽回去，夏习清就站在他面前，一袭大衣裹不住周身寒气和慌张往回赶的匆忙。

"习……清？"

弹幕一下子变成了狂欢。

"啊啊啊啊啊啊什么！ Xqgg 回来了！"

"我就知道！！！我就知道他是骗人的！这个爱情骗子！！"

"我要看习清哥哥！！快给我看习清哥哥！"

"啊……那个，那什么，我……"周自珩忽然间慌起来，手机都没继续举着，满屏幕都是他慌乱的脸，"他回来了，我得先下了我没想到他这么快回来，大家下次见，我先下了。"

"？？？？？刚刚说好多播一会儿的呢？"

"怎么老婆一回来就高兴得手机都举不稳了！"

"我们是工具人吗？！？！"

"太现实了！"

周自珩草草关掉直播，心情太紧张一不小心把手机都给摔在地上。他低头想去捡，听见夏习清一声轻笑，先弯腰替他捡起了手机。

他站起来，把手机递给周自珩，脸上挂着戏谑的笑。

"吓着你啦？"

周自珩正要伸手去接，夏习清却收回了自己的手，又向前迈了一步，发凉的鼻尖几乎要贴上他的。周自珩几乎可以闻到他颈间散发出来的香水后调，是雪地里燃烧过的檀木香气。他抬起眼望着还有些蒙的周自珩，声音很轻："这么想我啊。"

电梯门缓缓合上，四面的镜面内壁映出两个人贴近的身体。

"你又骗我。"周自珩低头想去吻他。夏习清却敏捷后退半步，手插进大衣口袋耸了耸肩："我怎么知道你又会被我骗到。"

说完他还歪了歪头，眼睛盯着周自珩手里提着的盒子："给我的？"

周自珩放下盒子。

"大半夜你去哪儿买的蛋糕，现在才回……"

话还没说完，夏习清就被这只上当受骗的小狼狗推到了电梯厢壁上，两只手被他拉到头顶用一只手摁住。

"喂，唔……"强吻堵住了没能说出口的话，和以往不同，这一次完全是侵略。舌尖在他毫无防备的时候进攻，躲闪不及的快感是混了电的浪潮，瞬息间吞没全身每一个细胞。他打了个抖，在周自珩的禁锢下。

可夏习清怎么可能会这么轻易将主动权拱手让人。他膝盖顶开周自珩的双腿，正要有所动作，忽然间，正在上行的电梯猛地顿了一下，灯光尽数熄灭。这个狭小空间突然转变成密闭无声的黑匣子，将他们困在里面。

周自珩停下动作也松开钳住他双腕的手，下意识揽他在怀里，低声道："这不会也是你做的吧？"

夏习清没好气地推了他一把，没推开："我疯了吗？我不害怕？"

周自珩这才知道是自己误会了他，脑袋埋在他颈间蹭了蹭："不怕，我在呢。"

"去摁一下紧急按钮。"他颐指气使地开口，可周自珩完全不为所动，于是他又拽了一下周自珩的手，"听不见我说话啊。"

此时此刻的周自珩被夏习清身上散发出来的气味冲昏头脑，这冷调的香气从他皮肤上渗出，柔柔地浸入空气中，扭曲成一只看不见的软钩，将周自珩心底的欲望连根拔起，再也掩藏不住。

"你听过狼来了的故事吗？"他的牙齿咬住夏习清的衣领，扯开，然后细细吻着裸露出来的锁骨。

"……怎么了？你觉得……我是那个说谎的小孩？"夏习清的恐惧并没有被冲淡，在此刻和被勾起的欲求搅和起来，变成某种胶着的情绪，如黏稠糖浆淋上他脸孔，甜蜜又窒息。

"嗯，说谎总是会被惩罚的。"周自珩低声笑了一下，手伸进他大衣里握住那精瘦腰肢，"所以他最后……"

夏习清感觉自己的侧颈被不轻不重地咬了一口。

"被那头狼吃了。"

他从蛋糕盒子上撕下一张写着时间的便利贴纸，手一伸，贴到了电梯顶的某个角落。不知道什么时候，周自珩抽掉了夏习清大衣后面的系带，也剥去了他的大衣。这里实在太黑了，夏习清心里始终克服不了恐惧，哪怕他再想掌握主动权，可手也忍不住打战："自珩……"他从称呼上就开始服软，"让他们来修电梯，我们先回家，好不好？"

周自珩从他的锁骨一路往上，吻到他嘴角，含住他发烫的耳垂："不好，我不会叫他们的。"

"他们救不了你。"周自珩温柔又残忍地吻着他的脸颊，他的眼角，手指一颗一颗解开他针织衫的扣子，"只有我能救你。"

说完，他将夏习清的手臂绕到背后，用大衣系带将他绑了起来。

"你干什么？"夏习清已经被弄得浑身发软，他分不清自己是因为恐惧，还是因为快感。黑暗中他什么都看不清，只能听见周自珩含着热气的声音。

"你啊。"周自珩笑着将手放在他的皮带扣上，"知道什么叫脱敏治疗吗？"

夏习清能感觉到皮带被一点点抽离，摩擦在他的腰间。可他没法抵抗，他动弹不了，并不全是因为他被束缚着，还因为他的力气被抽走，没有反抗的可能。

"删除文件总是不如覆盖来得彻底。"周自珩跪下去，一只手摁住夏习清的腰，另一只手解开他整洁的西装裤，"在你生日这天，我们覆盖掉对黑暗的记忆吧。"

"以后就不会害怕了。"

夏习清企图闪躲或避让，但他的一切都被束缚住，他甚至不可以在这时候用自己的双手摁住周自珩的后脑，他唯一可以做的就是感受。他看不到周自珩是如何拉下拉链，但他听得见。他感觉得到周自珩湿润的舌尖从他小腹舔舐向下，就像一头野兽享受饕餮盛宴前的浅尝。光是他湿热的呼吸喷洒上去，夏习清就半硬了，他听见自己裤子脱落到脚踝的声音，发凉的空气撩弄他腿根的肌肤。

然后下一刻，他被湿热的口腔紧紧包裹。那比被扼住咽喉还令人战栗难当。

他清楚自己欲望的程度，所以他咬住嘴唇，害怕呜咽出声。周自珩的舌头在他的顶端打着转，甚至坏心眼地舔弄着那个细小的孔，它现在不是舌头，是伊甸园那条扭动缠绕的蛇，勾起你的贪婪，钻进你心脏的缝隙翻搅，连骨头的缝隙都吱吱呀呀地发出黏腻淫靡的声响。

"自珩……"他一开口，才发现自己的声音变得有多虚软，被恐惧和欢愉实施了双重侵犯，"松开我，我们先回去，不行吗……"

周自珩强势地掐住他的大腿，力道显示出他的拒绝。他修长的手指揉着夏习清软软垂着的囊袋，一进一出含得诚恳虔诚。

这条蛇钻到他的骨头缝里了，他浑身痒得发热。睁开眼看到的是茫茫黑暗，闭上眼感受到的是周自珩的一举一动，吮吸、舔舐、吞吐和搅动，每一个动作都清晰可辨。

牙齿开始磕磕碰碰地发出声响，预先庆祝这场出格的治疗。

"啊，啊，自珩，含深一点……"

最终恐惧还是不敌动物本能，夏习清放弃了挣扎，享乐主义永远是他信奉的信条。他的双腿放肆地打战，被系带紧紧缠住的手臂在墙壁上摩擦。直到周自珩的动作愈发快，含得愈发深，直到他的手钻进衬衣里揉捏他挺立的乳尖，一次次将他的性器吞含到喉头。

他射在了周自珩嘴里，比想象中还快。

周自珩显然也没料到，尽管他感觉到他愈发紧绷的大腿肌肉和快速起伏的胸膛，但他还是没有料到夏习清动情的程度，所以被他射出的精液结结实实地呛了一下。

"咳咳咳……"

射完的夏习清背靠着电梯内壁大口喘气，听见周自珩还跪在自己跟前咳嗽，实在想笑："报应。"

周自珩忍住咳嗽骂了句："没良心。"

"良心这种好东西我一直没有。"刚高潮过的夏习清声音半含着气，性感得要命。他看不清眼前，只能凭着感觉踢掉了西装裤，微微抬起右腿，绷着脚背，用穿着皮鞋的脚戳了一下周自珩，正巧穿过他分开的腿，抵上他的小腹。

被捆着手的夏习清轻笑一声，使了点力踩上去。

"第二个疗程是什么，变态医生？"

周自珩捉住他脚踝，手掌顺着小腿线条往上，摩挲肌肤来到他柔软的膝窝。他低头过去吻着他的大腿，把他往下拽，拽进自己的怀里。

"怕吗？"他轻轻拍着夏习清的后背，温柔地吻他汗湿的后颈。

夏习清却没好气："你先解开我再说好话，不然更像变态。"

"好。"周自珩抱着他，手绕过去解开系带，然后吻他。

"苦。"夏习清皱起脸，呸了好几下。

周自珩觉得好笑："我都不嫌弃，你自己嫌弃成这样。"

夏习清忽然说想吃蛋糕，周自珩没辙只好把蛋糕拿出来。他的夜光表发着光，周自珩说："估计就算现在叫人也得在这里过零点了。"

"那你给我把蜡烛点上。"

星星点点的烛火亮起来，黑沉沉的狭小空间一下子被温柔的光填满。他甚至可以在厢壁里看到自己，每一面的厢壁里。

"还挺漂亮。"

"我自己做的。"

夏习清笑了一下："厉害死你了。"他伸出食指蘸了块奶油，"我尝尝。"可他并没有直接将食指含进嘴里，而是抹在了周自珩的下唇，然后抱着他的脖子舔吻一番，满足地舔了舔嘴唇，"好甜。"说完他又用同样的招数，在周自珩的鼻尖、脸颊、下巴甚至是耳垂抹上奶油，又一点点吃干净。

生日蜡烛的微光令他开始找回属于自己的主动权。

"你就糟蹋我的蛋糕吧。"周自珩嘴上说着，可气息也已经被他撩拨得不稳了。

"我不光糟蹋蛋糕，"夏习清解开他外套，手伸进去揾了几下周自珩的后腰，"我还要糟蹋你。"说完他坐起来，手摸索到自己的大衣，从口袋里拿出什么，扔到周自珩怀里。

借着烛火一看，是润滑液。

"喂，"周自珩好气又好笑，"你怎么随身带着这个？"

"免税店看到的，包装好看就买了。"夏习清说得随意。周自珩却觉得他可爱，拉过来亲了又亲，两个人身上都是软乎乎的奶油香气。亲着亲着身子就热起来，欲望在黑夜中舔舐二人的脊背，缠绵令呼吸不畅，脸颊与脸颊隔着薄汗相贴，呼吸喷洒湿润了彼此的眼。

"放松，宝贝。"周自珩旋开润滑液盖子，挤在手心，湿润黏稠的液体裹挟着他的指尖探入穴口，穴口一翕一张像花蕾那样将他纳入其中。夏习清的身体在他怀里难耐地扭动，趴在他肩头隐忍地喘，泄露出一丝呜咽之后便心虚地咬上他的肩头，唾液浸湿了周自珩的米色毛衣。

"快，快点，"夏习清的声音被情欲浸泡得酥软，他两腿分开跪在地上，又或者说几乎是坐在周自珩的手指上，可当周自珩真的加快扩充的速度，他又软下来瘫靠在他怀里，小动物一样吻着他的嘴唇，连呼吸都颤，"嗯……嗯，啊。"

他等得实在煎熬，于是伸出手去，主动将周自珩已经硬到不行的阴茎掏出来："好硬……"他像小猫一样舔湿自己的掌心，裹住，随着周自珩扩张的频率上下撸动着，感觉它在自己手中变得更大。他听见周自珩吸气的声音，这比什么都更有成就感。

"舒服吗？"夏习清吻着他的下巴，"进来好不好？"

周自珩长长地呼出一口气，嗓音低哑："求我。"

"求你什么？"夏习清伸出舌头舔吻他的耳根，声音又浪又软，"求你在电梯里操我？把我顶在厢壁前面操到流口水？还是求你把我操到走不动路……只能被你抱回去扔到床上继续干？"

他故意在他耳边倒吸一口气，笑出声："你想让我怎么求你？"

"你真是……"

周自珩最后的心理防线都被他击溃，气血上涌，抓住他的腰迫使他跪在地上，自己扶着硬到爆炸的阴茎一点点后入进去。

"啊……"夏习清感觉到身体一寸寸被打开，疼痛与欢愉充实了他的全身。周自珩向前伸出右手握住他修长的脖颈，往上，逼迫低头的夏习清抬起头来："不是想看镜子吗？"

燃烧的烛火照亮镜面，他被顶到颤颤的肩膀，潮红的面孔，被迫张开的嘴唇，全都一览无余。

"好看吗？"

夏习清笑起来，伸长舌头舔舐周自珩的手指，逞强笑道："好看啊……我本来就好看……啊，啊！"

周自珩手腕上的表显示着23:59，发光的数字在黑夜中分外鲜明。他用力地挺进，硕大的前端狠狠戳着夏习清敏感的腺体，他听见他的呻吟变得急促而尖细，被他手指拨开的嘴盛不下湿润的唾液，只能顺着流下来，流在他的手上，他的表带间。

"啊，啊……那里，好爽……轻一点，自珩，自珩……"

数字更换，从23:59变成了整齐的四个0。

周自珩扶住他的腰加快了挺进的频率，低喘着说："生日快乐，哥哥。"他捏着夏习清的下巴，令他仔细看着镜子里的自己，"你看。"

"夏习清25岁的最后一秒和26岁的第一秒，都和周自珩紧紧结合在一起。"

"你以后怎么离得开我？"

这句话听得夏习清浑身都颤了颤，他几乎没有力气撑住，所以被周自珩捞起来前胸贴后背地抱住。他扭头过去吻他，动情地吻，直到没有力气，在颠簸的热浪里彻底失去主导地位，任由周自珩将他一遍一遍冲刷，推他搁浅又拖着他下沉。

"我爱你，周自珩……"

"我知道，宝贝。"周自珩吻他肩头，"不要抢我的话，要让我先说。"

"谢谢你来到这个世界上，谢谢你遇到我，接受我，爱我。"他温柔地圈住夏习清，暖流包裹着他的身体，"我爱你，夏习清，你的出生是我收到过最好的礼物。"

他何尝不这么觉得。

比起世界上所有的祝福与庆贺，夏习清所得到过的最珍贵的礼物，就是周自珩。

不知道他上辈子是做了个多么伟大的人，这辈子才能和这个小家伙相遇。

他们结束荒唐的生日"结合"，整理的工作自然全部交给了周自珩一个人，最后还拿夏习清行李里的香水喷了满电梯欲盖弥彰，直到他觉得应该不会被发现什么后才敢摁紧急处理的按钮。

夏习清趴在他肩头，盯着他红到发烫的耳朵，吹了口气："刚刚做的时候不见你害羞，你的开关还真是奇怪啊。"

"嘘，不要说了。"

"小变态。"

"……"

谁知刚摁下按钮，电梯竟然自己重新亮起来，显示屏那里重新出现上行符号。

"这、这是怎么回事？"周自珩吓一跳。

夏习清从地上捡起自己的大衣搭在肩头："成全你的变态计划呗。"

"我没有！"周自珩着急否认。

"快回去，我腰酸死了，我要泡澡。"

"我和你一起泡！"

"我看你是想让我死。"


第二天下午了，眼巴巴苦守在小号的粉丝才等到一张夏习清戴着生日帽对着蛋糕许愿的照片。

小玫瑰掉进了红池塘："啊啊啊啊啊新鲜的习清哥哥！小玫瑰生日快乐！"

心上人是小画家："我的宝贝生日快乐！又可爱了一岁以后会越来越帅气！爱你爱你！"

宇宙第一小可爱："珩珩的蛋糕好可爱！不过就算是这样我们也不会忘记你昨晚抛弃我们的罪行！"

我的奶珩："亲手做蛋糕的小可爱还要兼职摄影师！快开直播说一下昨晚发生了什么美妙的事 ~"

我爱豆名字会被和谐你爱豆会吗："啊我隐隐约约有看到吻痕欸……"

或许你是我的小玫瑰吗："生日快乐！不过这个蛋糕怎么糊成这样了？像被猫爪子扒拉过一样……"

谁知周自珩竟然真的回复了。

我最讨厌楞次定律："岂止被扒拉，简直是被糟蹋了。"

更绝的是十分钟后夏习清也回复了。

Tsing_Summer："糟蹋你了？"

我最讨厌楞次定律："请。"

- End -

Via Lactea
Publishing Co.